G. v R.

Eleonore, Gräfin von Ulefeld; nicht Roman sondern wirkliche Geschichte

G. v R.

Eleonore, Gräfin von Ulefeld; nicht Roman sondern wirkliche Geschichte

ISBN/EAN: 9783743658172

Hergestellt in Europa, USA, Kanada, Australien, Japan

Cover: Foto ©Raphael Reischuk / pixelio.de

Weitere Bücher finden Sie auf **www.hansebooks.com**

Eleonore
Gräfin von Ulefeld
nicht Roman
sondern
wirkliche Geschichte

Ein würdiger Beitrag zu der merkwürdigen Lebensgeschichte des Freiherrn v. d. Trenck.

Strasburg 1787.

Ein Weib will ich beschreiben; das beinahe seltenste, größte unter allen den Weibern, die sich bisher auf der Schaubühne der Welt ausgezeichnet, durch Geistesstärke, Heldenmuth und ähnliche Eigenschaften, sich über die Gränzen geschwungen haben, die durch Vorurtheile, Irrthümer und andre Dinge dem weiblichen Geschlechte gesezt worden sind.

Eleonore Christine, verehligte Gräfin von Ulefeld, ist ihr Name; ihr Leben ein überzeugender Beweis, daß widrige Schiksale bei einer edlen erhabenen Seele, beinahe das einzige Mittel sind, Geist und Herz zu jener Stufe der Vollkommenheit zu bringen, die der Mensch gemäß dem Endzwecke seines Daseyns zu erreichen verpflichtet ist.

Eleonorens Schiksale sind so auffallend seltsam, ihr Betragen dabei so beispiellos, daß man sich ganz in das dichterische Feenreich versezt zu seyn glaubt, wenn

wenn man die Geschichte betrach
tet, die eigentlich die Begeben
heiten ihres Lebens enthält. —

Ich selbst — den doch das
Schikſal alle ſeine Launen ſo
ziemlich fühlen ließ, zweifelte
ſehr lange, ob Eleonorens Le
bensgeſchichte nicht irgend das
Hirngeſpunſt eines ſchwärmen
den Romanſchöpfers ſey; allein
ich gieng der Sache bis auf die
Quelle, prüfte jeden Umſtand
ihres Lebens nach den ſtrengen
Regeln der Wahrheit, und freue
mich wirklich, ein Weib öffent
lich aufſtellen zu können, die das
mit Thaten beweiſet, was Göthe,
Wie

Wieland, Weiße, Meißner und andere in ihren Schriften schon so oft behauptet haben. Stärke des Geistes, Güte des Herzens, sind die einzigen Zierden des lebenden Menschen, die einzigen Stufen, auf welchen man zur ächten Größe gelangen kann.

G. v. R.

Eleonore

Eleonore
Gräfin von Ulefeld.

Eleonore Christine war die Tochter Christian des Vierten, Königs von Dännemark und der Fräulein von Munk, die sich der König nach einigen auffer der Ehe mit ihr verlebten Jahren an die linke Hand hatte trauen lassen.

Eleonore

Eleonore ward den 22. Juli 1621 gebohren. Die vier ersten Jahre ihres Lebens brachte sie auf ihrem großmütterlichen Gute Thünen zu. Ein halbes Jahr darauf war sie an dem Hofe ihres Vaters. Da dieser aber in dem dreißigjährigen Krieg mit seinen Truppen nach Deutschland zog, ward sie nach Leuwarden in Friesland geschikt, wo damals Ernst Casimir von Nassau, vermählt mit der Nichte Christians, residierte. Der Aufenthalt an diesem Hofe war ihrer Bildung sehr zuträglich. Nebst allen weiblichen Geschiflichkeiten, besaß sie Kenntniße, wodurch sie sich vor allen ihres gleichen auszeichnete.

Schon

Schon in diesen ersten Jahren ihres Lebens trübte eine unglükliche Liebe die Tage ihres dortigen Aufenthalts. Prinz Moriz von Nassau, der zugleich mit ihr erzogen wurde, liebte sie, und ward wieder geliebt. Sie überliessen sich um so mehr ihren Empfindungen, je unschuldiger sie waren, und träumten im Voraus von Glükseligkeiten, die ihrer warteten, und deren Herannäherung sie so sehnlich wünschten. Um diese Zeit ward sie krank an den Blattern, und ihre Krankheit war gefährlich.

In diesem Zustande besuchte sie der Prinz, und die Theilnehmung gegen sie, mit der innersten Zärtlichkeit verknüpft,

verknüpft, erschütterte ihn dergestalt, daß er in eine Krankheit verfiel, und wenige Tage darauf in der Blüthe seiner Jahre starb.

Eleonore, noch zu grössern Schiksalen bestimmt, genas, und trug Verlangen, ihren Geliebten zu sehen. — Sein Tod sollte ihr verborgen bleiben; aber die Unruhe ihres Herzens trieb sie umher, und führte sie in das Zimmer; wo die Leiche des Prinzen aufgestellet war. Eine Ohnmacht war der Erfolg davon. Sie zerfloß in Thränen. Alles war ihr seit der Zeit verhaßt, was sie an den Tod ihres Geliebten erinnern konnte. Daher kams, daß sie nie die Rosma-
rin

rin leiden konnte, weil der Leichnam des Prinzen damit bestreuet war.

Aechte Liebe fällt gemeiniglich bloß in die erste Hälfte unsers jugendlichen Alters, wo der Mensch noch frey von Leidenschaften ist, die ihn einige Jahre nachher anders handeln lassen. Uebereinstimmung des Karakters, und die Sympathie ihrer jugendlichen Seelen führten unstreitig dieß liebenswürdige Paar zusammen, und verknüpfte sie so fest mit einander, daß die Vorstellungen von dem nahen Verlust eines Gegenstandes, ohne dessen Besitz Prinz Moritz nicht glüklich sein zu können glaubte, ihn das Leben kostete.

Ich

Ich fühle mich bei diesem traurigen Schiksale gerührt, welches von der höchsten Stuffe der menschlichen Glükseligkeit, (denn sonder herzliche Liebe ist unser Leben doch Staub) ein gleichgestimmtes Paar, so schnell und so lebhaft den Wechsel irdischer Güter fühlen ließ. Aber warum folgt bei den meisten Menschen auf Freude allemal Leid? Warum fällt fast immer eine Sache, wenn sie einen ungewöhnlichen Grad von Größe oder Höhe erreicht hat? Liegt dieß wirklich so in der Natur der Dinge, oder sind es nur einzelne abstrahirte Vorfälle, aus denen der Mensch sich ein Ganzes gebildet hat? Beinahe bin ich von dem erstern überzeugt.

zeugt. Aber wenn auch dieses ist, warum muß es so seyn? soll etwa der Mensch nie ganz glüklich werden? oder ist es ihm nur eine Erinnerung, daß er nicht zu übermüthig werde, und stets eingedenk sey, daß er nicht Herr seiner Schiksale ist, sondern daß eine höhere Macht über ihn wacht, und die Wagschale der Abwechselungen lenket, durch welche die Vorsicht nach unerforschlichen Absichten das Leben des Menschen abzuwägen pflegt. Der leidende Mensch ist gewöhnlich allemal besser, als der, der im Schimmer und Glüke sizt, und die Trostbilder, die er sich vormahlt, beleben ihn mit der süssen Hoffnung des Wechsels und erhöhen die Stärke seiner

Seele

Seele und die Güte seines Karakters; da im Gegentheile der auf Schimmer und Pracht Stolze, in der Vorstellung des Wechsels, nichts als schreknißvolle Szenen sieht, die ihm den Genuß seiner dermaligen Freuden schon zum Voraus bitter machen. Daher geschieht es, daß Langeweile die Gefährtin aller Weltfreuden ist; sie begleitet, oder gewiß sehr nahe darauf folgt; da hingegen die ächten Freuden des Menschen, Freuden, die der mit Widerwärtigkeiten kämpfende Mensch oft eben damals im höchsten Grade fühlt, wo sein Herz am meisten leidet, immerfort Wonne mit sich führen, die kein Wechsel verändern, Furcht vor Zukunft weder verbittern,

bittern, noch zerſtören kann. Auch Eleonore wäre gewiß nie das geworden, was ſie ward, wenn ſie nicht durch manche Prüfung geläutert, und von den Schlacken gereinigt worden wäre, mit welchen der gemeine Menſchenpöbel umgeben iſt.

Bald nach dem Tode des Prinzen von Naſſau, verſprach ſie der König dem Grafen von Ulefeld. Ohngeachtet dieſer Verlobung, hielt Franz Albrecht, Herzog von Sachſen-Lauenburg, um ihre Hand an. Der König hätte damals gerne ſein Wort gebrochen, aber Eleonore ſchlug jeden andern Gemahl auſſer Ulefeld aus, deſſen groſſen Geiſt

B ſie

sie vielleicht schon damals kannte. Sie suchte in ihrem künftigen Gemahl nicht Afterglanz der Geburt, sondern ächte Vorzüge des Geistes und Herzens, und vermuthlich hatte der Graf hierinnen in Eleonorens Augen mehr Vorzüge, als der Fürstenssohn. Aber die Standhaftigkeit ihrer Liebe erhielt auch jene Gegenliebe, die der kostbarste Lohn ächt liebender, edler Seelen ist. Ulefelds Gattin war bei allen Widerwärtigkeiten des Schicksals doch eine der glücklichsten Frauen in der Liebe ihres Gemahls.

Den Karakter dieses grossen und merkwürdigen Mannes, finden wir in der Geschichte aufgezeichnet. Ausgeziert
mit

mit den glänzendsten Eigenschaften, Schönheit, Gelehrsamkeit und Seelengröße, übersahe er die kriechende Schaar der Höflinge, die ihn beneideten und natürlich haßten, weil er sie alle übersah. Die glänzende Hälfte seines Lebens verdient beneidet zu werden, aber die andere Hälfte ist so voll trauriger Schicksale, daß man seines vorigen Glanzes vergißt, und dem unglücklichen Grafen auch dennoch gewiß eine Zähre schenken würde, wenn auch alle die Beschuldigungen gegründet wären, deren er angeklaget worden ist. Allein wer das Gift der Schlange kennt, die wir Hofkabale nennen, weiß zu gut, was man solchen Andichtungen für

Glauben beimessen könne, die den Günstling fast immer begleiten, so oft er die Gunst seines Fürsten verliert. Ulefeld war einer der größten Staatsmänner, die Dännemark hervorgebracht hat; er war der treueste Diener seines gerechten Fürsten, der gefährlichste Feind seines ungerechten.

Eleonore ward im 15ten Jahre den 9ten Oktober 1636 seine Gattin, nachdem Ulefeld zuvor zum Stadthalter von Koppenhagen war ernannt worden. Sie verlebten bis zum April des folgenden Jahres ihre glücklichsten Tage zu Moen, wo sie in dem Genus wechselseitiger Zärtlichkeit, und in der Uebereinstimmung

mung ihrer Herzen das höchste Glük fanden, das Sterblichen ächte Liebe gewähren kann. Das Geräusch und die glänzenden, aber auch um so mehr quälenden, Freuden des Hofes raubten ihnen nachher diese Glükseligkeit. Ulefeld ward zum Reichsschatzmeister ernannt, und mußte nach Koppenhagen. Diese Zeit war es, welche Eleonore vorzüglich den Wissenschaften weihte, denn wenn Staatsgeschäfte ihr die Gesellschaft ihres Gatten raubten, so wandte sie diese Zeit zur Erlernung der lateinischen, und anderer neuen Sprachen an. Sie machte sich während dieser Zeit als Schriftstellerinn bekannt, und brachte es im Lateinischen so weit, daß sie die

Werke

Werke des Seneka, dessen Schreibart auch selbst Kennern zuweilen unverständlich wird, fertig weglas. In den ersten zehn Jahren ihrer Ehe, ward sie Mutter von vier Söhnen, von welchen der Letzte in Holland gebohren wurde, indem sie ihren Gemahl als königl. Gesandten dahin begleitet hatte. Die Staaten von Holland hoben ihn aus der Taufe, und sezten ihm als Pathengeschenk ein jährliches Gehalt von tausend Pistolen aus.

So stralte die Sonne des Glückes, mit immer schönern Farben unveränderlich dem Grafen von Ulefeld, bis nach dem Tode Christian des Vierten 1648.

Frie=

Friederich der Dritte, sein Nachfolger, war ein Feind des ganzen Munkischen Geschlechts, und Ulefeld konnte daher weder seine Gunst, noch sein Zutrauen besitzen. Unter diesen Umständen suchten seine Feinde ihn zu stürzen. Auf ihr Anstiften beschuldigte ihn Dina Weinhofer, eine berüchtigte Frauensperson, des Verbrechens, daß er den König habe vergiften wollen. Allein der Anschlag schlug fehl; Ulefeld vertheidigte sich auf das schönste gegen ihre Anklagen, denen so sehr das Gepräge der Wahrheit fehlte, und erhielt völlige Genugthuung. Dina Weinhofer ward enthauptet, und Ulefeld frey gesprochen. Indessen hatten seine Feinde doch den Entzweck erreicht, ihn

dem

dem König doch immer mehr und mehr
verdächtig zu machen.

Allein Ulefeld, dessen Karakter zu
groß war, länger an einem Hofe zu
leben, wo er doch nun einmal im Ver=
dachte stand, und wo er nicht eines
Freundes sich freuen konnte, da es für
den hirnlosen Höflinge mehr als Gesez
ist, denjenigen zu hassen, den der re=
gierende Abgott der Höflinge verfolgt.
Ulefeld mußte täglich befürchten, einer
ähnlichen Anklage beschuldigt zu werden,
die doch vielleicht zulezt ohngeachtet sei=
ner Unschuld, und der bessern Seite sei=
nes Karakters, ihn um Ehre und Leben
gebracht hätten. Er hielt es daher für
besser,

besser, den Hof zu verlassen, sezte sich auf ein holländisches Schiff, und segelte nach Amsterdam. Ohnstreitig war dieser Schritt zu übereilt, und bestättigte die Anklage seiner Feinde; allein wer Ulefelds Karakter aus der Geschichte kennt, wird ihn nicht verdammen, sondern vielmehr daraus die Größe seines Karakters ersehen, und den Mann bedauren, den seine eigene Verdienste, und die seinen Verdiensten gebührende Fürstengunst so hoch erhoben hatten, der aber auch durch Neid und Haß seiner Feinde, von der höchsten Stuffe seines Glanzes, und seiner Hohheit herabgestürzet worden ist. Der König ward durch seine Flucht äusserst aufgebracht,

entse=

entsezte ihn aller seiner Ehrenämter, und entzog ihm durch Einziehung seiner Lehne, die er besaß, den beträchtlichsten Theil seines Vermögens.

Seit dieser Epoche war Ulefelds und seiner Gattin Leben ein Gewebe von Unstätigkeit, Flucht und Gefahren. Sie zogen von einer Stadt zur andern, fanden nirgens Sicherheit ihrer Person, und Ruhe ihrer Seele. Von Holland, welche Republik damals mit Dännemark in gutem Vernehmen stand, floh er nach Lübeck, und als er hier das vorzüglichste Haupt seiner Ankläger fand, floh er nach Stockholm. Auf diesen Wandrungen begleitete ihn Eleonore beständig in männ-

männlicher Kleidung und bewafnet. Nach Uiberwindung vieler Schwierigkeiten, gewährte Christine von Schweden diesem irrenden Paare, ihren Schutz zu Stockholm. Allein der Hof von Dänemark wußte es dahin zu bringen, daß Christine ihnen nicht lange darauf solchen versagen, und zu Wismar einen Aufenthalt anweisen mußte.

Aber so wie Eleonorens Geschichte abentheuerlich genug klingt, so mußte auch diese Reise sich durch etwas auszeichnen, was den Schein eines Romans auf der Stirne führt. Ihr Schiff, das durch ein Ungewitter nach Danzig verschlagen wurde, zwang sie, sich einige Zeit

Zeit dort aufzuhalten. Hier flößte die Gräfin als Mannsperson verkleidet, einem Frauenzimmer einen solchen Grad von Liebe ein, daß sie auf das heftigste in sie drang, ihre Wünsche nicht unerhört zu lassen, und die arme Gräfin dadurch in die größte Verlegenheit gerieth, die noch dadurch vermehret wurde, daß sie und ihr Gemahl erkannt, und dem Stadtmagistrat von Danzig angegeben wurden. Zu ihrem Glücke erhielten sie Nachricht davon, verließen sogleich die Stadt und eilten nach Stralsund. Hier nahm die Gräfin, um sich in Zukunft ähnlichen Verlegenheiten nicht auszusetzen, wieder die Kleidung ihres Geschlechts, aber nicht ihres Standes an, und

und gab sich für eine Dienstmagd des Grafen aus. Hier war es auch, wo sie endlich, nachdem das ungünstige Schicksal sie von einer Welle zur andern, von einer Klippe zur andern geschleudert hatte, einiger Sicherheit genossen.

Aber auch diese dauerte nicht lange. Sie war nur eine kleine Ausruhung nach so manchen Schicksalen, um wieder Kräfte zu gewinnen, neue und unendlich grössere Leiden auszustehen.

In Schweden hatte sich die Lage der Sachen verändert, weil Christina ihrem Nachfolger Carl Gustav die Regierung

gierung übergab. Dieser kriegerische Monarch, der auf Ruhm und Eroberung dachte, brach den Frieden mit Dänemark. Kaum hatte Ulefeld dieses erfahren, so begab er sich nach Schweden, und ließ seine Gemahlin, unter dem Deckmantel ausstehende Schulden einzutreiben, nach Dänemark reisen. Dieser Schritt war so unbedachtsam, als seine erstere Flucht, und bestättigte die Anklage seiner Feinde, indem sie doch augenscheinlich seine Gesinnungen gegen sein Vaterland an den Tag legten. Und gesezt auch Ulefeld hätte dies für den einzigen Schritt gehalten, wieder zu seinem Vermögen, und zu seiner vorigen Grösse zu gelangen, so konnte te er sich doch wenig wirkliche Liebe und Gewogenheit von einem Monarchen versprechen, der ihn nicht zurückrief, sondern dem er nur durch das Glük der Waffen, von einer andern Macht wieder aufgedrungen wurde. Die Gräfin kam auf ihrer Reise nur bis nach Jütland. Man beschuldigte sie den dasigen Adel gegen den König aufgewiegelt zu haben, und der Graf von Güldenloewe mußte ihr andeuten, sogleich die Staaten von Dänemark zu verlassen. Nach mancherley Gefahren und Schwierigkeiten, kam sie nach Pommern zurück. —

Der

Der Frieden zu Rothschild, welcher des Krieges zwischen Schweden und Dänemark kein Ende machte, sezte den Grafen Ulefeld wieder in Besitz aller seiner verlornen Güter, und verschafte ihm einen sichern Aufenthalt in den Dänischen Staaten. Allein auch hier lächelte ihm die Sonne des Glüks und der Ruhe nur auf kurze Zeit, um sich nachher in desto schwärzere Wolken zu verhüllen. Der Krieg entspann sich von neuem, und jezt hatte Ulefeld das Unglük, bei beiden Königen in Verdacht zu kommen. Es war nun einmal sein Schiksal, von einer Stuffe des Unglüks immer zu einer höhern zu übergehen; denn er hatte noch lange nicht den

den höchsten Gipfel desselben erreicht. Ich wage es nicht zu entscheiden, ob Ulefeld wirklich so hohe Pläne hatte, als ihm deren die Geschichte aufbürdet; aber gesezt auch, es wäre wirklich, so ist er doch wahrlich zu entschuldigen, oder um mich eines richtigeren Ausdruckes zu bedienen, vielmehr zu beklagen. Wenn wir den Menschen betrachten, so finden wir, daß Ehrsucht eine seiner Hauptleidenschaften ist; zumal, wenn sie so häufig und so stark angeflammt wird, als es bei Ulefeld geschah. Er sah, wie er in einer kurzen Zeit von Ehrenstelle zu Ehrenstelle flog; er sah sich als den Gemahl einer königlichen Prinzeßin, als den Schwiegersohn eines Königs selbst,

selbst, um nun auf einmal stille zu stehen, da er des Fliegens gewohnt war. Der Mensch verlangt weiter, wenn er überdem einen so feurigen, so unternehmenden Geist hat, als Ulefeld ihn hatte; einen Geist, der verführt von dem täuschenden Glanz der Hofgröße, es nicht einsah, daß diese Sklavengrösse eben die größte Erniedrigung ächter Seelengrösse ist; ein Geist, der mir bei allen seinen Lächerlichkeiten und Eigenschaften, doch der vorzüglichsten entblößt zu seyn scheinet, und die darinn besteht, Kronen und Scepter, und alles, was in der Weltsprache hoch und groß und glänzend und angesehen heißt, in sich selbst zu finden. Und was blieb ihm nun übrig, als

König

König selbst zu werden, da er der erste nach ihm war. Auch könnte man ihn durch die Liebe seiner Gattin entschuldigen, wenn auch in der That Ulefeld nach Kronen gestrebet hätte. Sie war aus königlichem Geblüte entsprossen; was war also natürlicher, als ihr den Grad von Hoheit verschaffen zu suchen, in welchem die Natur sie gebohren werden ließ?

Doch damit ich auf seine Schicksale zurückkomme. Ulefeld ward zu Malmoe auf Befehl Carl Gustavs in Verhaft genommen. Diese Gefangenschaft dauerte sehr lange, und überdem traf ihn noch das Unglück, daß er von einem Schlagflusse gerührt ward, welcher ihn völlig der Sprache beraubt hatte. Seine Feinde gaben ihm indessen Schuld, daß dieses eine bloße Maske gewesen sey, um dadurch den Untersuchungen zu entgehen, die ihm bevorstanden; und von denen er sich einen fürchterlichen Erfolg versprochen hätte. Allein was würde ihm diese Verstellung geholfen haben, wenn man hätte eine Untersuchung anstellen wollen? Denn eben so gut, wie man einen verstellt Stummen, von dessen Verstellung man überzeugt ist, dazu zwingen kann, sich des Gebrauchs seiner Sprache zu bedienen, um diejenigen Fragen zu beantworten, die man ihm vorlegt; eben so gut kann man einen wirk-

wirklich Stummen dazu zwingen, seine Antworten schriftlich aufzusetzen; und weiter konnte doch Ulefeld durch seinen angeblichen Schlagfluß nichts ausrichten, als daß man ihn für wirklich stumm hielt. Und hätte Ulefeld auch nicht schriftlich antworten wollen, so hätte er sich ja dadurch verrathen, denn dieß war er ja noch im Stande zu thun. Uiberdem ist ja auch der Schlagfluß, der ihn damals getroffen haben soll, nichts so sonderbares. Ein Mann, dessen Gesundheit durch so viele Strapazen, Schreck, und Aerger nothwendig zerrüttet seyn mußte, kann ja wohl vom Schlage gerührt werden, noch dazu, da ihn nichts so sehr befördert, als Aerger und

und plötzliches Schrecken, das ihm in seinen Leben sehr oft begegnet ist.

Acht Monate hatte er schon in diesem Gefängniße zugebracht, als sich seine Gemahlin entschloß, vor die vom Könige niedergesezte Kommißion zu tretten, und die Vertheidigerin ihres Gemahls zu werden. Rousseau de la Valette theilt uns diese Rede in seinen Nouvellen mit, die sie persönlich gehalten haben soll. Wir führen diese Rede bloß deßwegen an, weil sie uns einige Aufschlüsse über ihr Leben, und Karakter gibt; denn wir können keineswegs mit Gewißheit dafür stehen, ob sie alles dieß auch wirklich gesagt hat, was ihr hier

hier in den Mund gesezt wird. Unsere Leser werden wohl wissen, daß die französischen Nouvellen nicht immer historischen Glauben verdienen. Hier ist sie, oder vielmehr nur die wichtigsten Stellen aus derselben.

„Meine Herren! Ich muß heute zur
„Rechtfertigung meines Gemahls, die
„Geschichte meiner ehmaligen Leiden
„erneuern, und der Verfolgungen Er-
„wähnung thun, die Sterbliche, viel-
„leicht nie in einem so hohen Grade als
„uns getroffen haben. Die große Ei-
„genschaften meines Gemahls, des
„Grafen von Ulefeld, hatten ihm, wie
„Sie wohl alle wissen werden, die Lie-
„be

„be und das ungetheilte Zutrauen, mei„nes Vaters, König Christian des Vier„ten, erworben. Der Wille meines
„Vaters war, ihn hochzuachten, und
„zulezt für ihn, als meinen Gatten,
„auch die zärtlicheren Empfindungen der
„Liebe und ehlichen Wonne zu fühlen.
„Der König beehrte ihn, nebst der Eh„re sein Schwiegersohn zu heissen, mit
„der ersten Würde des Reichs, nach
„der königlichen, mit der Würde eines
„Reichshofmeisters. Die Bescheiden„heit, mit der mein Gemahl alle die
„Gunstbezeugungen des Königs genoß,
„vermogten doch nicht den Neid seiner
„Feinde zu entkräften. Das belohnte
„Verdienst war der Gegenstand ihrer
„Qual,

"Qual, und diese zu verdrängen wand=
"ten sie alles an, was nur immer
"Bosheit und Verläumdung zu erfinden
"fähig sind. — Seine unschuldigsten
"Handlungen waren ihrem Tadel aus=
"gesezt, und seine glänzendsten Eigen=
"genschaften wurden angeschwärzt. —
"Allein mein Vater war zu sehr von
"seiner Treue überzeugt, als daß sie
"einiges Mistrauen in ihm hätten er=
"wecken können, welches sie nachher
"meinem Bruder so schlau einzuflößen
"wußten. Mein Bruder war, wie
"viele Fürsten, durch kriechende Schmei=
"chelei leicht zu gewinnen. Mein Ge=
"mahl aber liebte Wahrheit."

Kaum

„Kaum hatte dieser Dännemarks: thron bestiegen, als unsere Feinde ihre Bemühungen mit besserm Erfolg erneuerten, ohne zu wissen warum, verloren mein Gemahl und ich die Zuneigung, und das Zutrauen des jungen Königes, meines Bruders. Die erdichtete Aussage einer übel berichtigten und bestochenen Zeugin, als hätten Ulefeld und ich einen Anschlag wider sein Leben gehabt, mußte herhalten, und man glaubte zulezt gar, als hätten wir die ganze königliche Familie vergiften wollen, ob wir gleich einen Theil davon selbst ausmachten. Als aber mein Gemahl unsere völlige Unschuld darthat, und zugleich zeigte, wie vielen Antheil er an der Erhebung

hebung meines Bruders auf den Thron gehabt, und wie muthig er sich allen Partheyen und Kabalen widersezt habe, so sprach man uns frey, und unsere Anklägerin wurde öffentlich hingerichtet."—

Die Gräfin fährt darauf in der Beschreibung der nachherigen widrigen Schicksalen ihres Gemahls fort, und zeigt die gefährliche Lage, in die er sich jezt zwischen den zween Königen befinde, und sagt darauf:

„Welche anständigere Parthey konnte mein Gemahl wohl ergreifen, als eine ländliche Einsamkeit. Sie ist das Ziel

Ziel seiner Wünsche, verknüpft mit der Wiederherstellung des Friedens."

„Ob gleich die Stimme des Bluts und die Liebe des Vaterlandes für Dännemark spricht, so nöthigt ihn doch die Dankbarkeit für so viel genossene Wohlthaten, die Parthey seines Königs, und des Königs von Schweden nicht zu verlassen. Wohlthaten mit Großmuth erzeigt, und tiefes inneres Gefühl bei Empfang derselben, knüpfen das Band einer innigen Freundschaft, welcher selbst die Verbindung des Bluts nachstehen müssen. Dankbarkeit war immer die Lieblingstugend meines Gemahls, Verletzung derselben, schien ihm ein Laster,

das

das die Menschheit entehrt. Konnte solche Gesinnung wohl Aufwiegelung der Unterthanen eines Königs erzeugen, der sein Wohlthäter war, um Provinzen in Unruhe zu sezen, die sich unter dem mildthätigen Scepter ihres Monarchen so glüklich fühlen? — Kann mein Gemahl es wohl verhindern, daß der Adel Dännemarks, der einst in ihm sein Haupt sahe, ihn in seinem Unglük besucht, und über den so auffallenden Wechsel menschlicher Güter trösten will? Kann ihre Zuneigung der Beweis eines strafbaren Verständnisses, und einer geheimen Unterhandlung mit dem Könige von Dännemark seyn? Nein, meine Herren, ich bin überzeugt, daß giftige Verläumber-

zun-

zungen ihr Urtheil nicht bestimmen können, und Sie ihm gerne den Wunsch in der Einsamkeit zu bleiben, erfüllen werden. Auch hoffe ich von der Gnade des Königs, und von Ihrer Gerechtigkeit ein Urtheil, das meinen Gemahl nicht allein in Freyheit, sondern auch in den Besitz seiner Güter setzen, und ihm die Grafschaft Sylbisburg wieder zusprechen wird. Ein Urtheil, das die ganze Welt überzeugen soll, daß Ihro Majestät der König von Schweden den Grafen Ulefeld seiner Gewogenheit nach nicht für unwürdig hält."

Während diesem Prozeß starb König Gustav Adolph von Schweden, und nicht

nicht allein der Reichsrath, sondern auch die verwittwete Königin Hedwig Eleonore sprachen den Grafen von Ulefeld frey. Hannibal von Sehstedt, sein Schwager und geheimer Feind, erfuhr es früher, und versuchte daher den Grafen in eine neue Schlinge zu ziehen; und der teuflische Anschlag gelang. Unter der Larve der Freundschaft schikte er zu Ulefeld mit der Nachricht, es sey über ihn das Todesurtheil gesprochen, doch als Freund und Schwager wollte er ihm Gelegenheit verschaffen, sich durch List aus dem Gefängnisse zu retten. Ulefeld ergrief es natürlich mit beiden Händen, und flüchtete schleunigst nach Koppenhagen. Hier ward er aufs neue gefangen genommen,

und

und von da brachte man sie beide in ein Gefängniß auf der Insel Bornholm. Der verunglükte Versuch einer Flucht machte, daß man sie bald darauf trennte, und den Grafen in ein tiefes finsters Gefängniß einsperrte. Dieser fürchterliche Zustand bewog ihn, an den König zu schreiben, er schilderte ihm seine schrekliche Lage mit den lebhaftesten Farben, und bat mit Thränen um Linderung seines Schiksales, und um seine Freyheit. Der König befahl darauf, ihn nach Koppenhagen zurückzuführen, wo er unter der Bedingung nie etwas gegen das königliche Haus zu unternehmen, und durch Unterschreibung einer sehr demüthigen Abbitte, in Freyheit kam.

kam. Auch Eleonore mußte dieses Papier unterzeichnen, man ließ ihnen nichts als ihr Landgut Ellersburg und Fuhnen, wohin sie sich begeben mußten. Aller ihrer übrigen Ländereyen und Besitzungen wurden sie beraubt, sogar auch ihres Pallastes in Koppenhagen. Es ist nicht unwahrscheinlich, wenn einige Schriftsteller behaupten, daß die Grösse ihres Reichthums, und Vermögens, an den Widerwärtigkeiten ihres Schiksals einigen Antheil gehabt, denn Hab- und Rachsucht erlauben manchem Grossen oft jede Tyrannei.

Hätte Ulefeld ein minder unruhiges Temperament gehabt, oder hätte er die Kunst

Kunst verstanden, seinem unruhigen Geist selbst in dem Schooße der tiefsten Einsamkeit reizende, die ganze Menschheit umfassende Geschäfte zu verschaffen, die kein Höfling beneidet, weil er sie nicht verstehen kann; so hätte er in dieser ländlichen Einsamkeit, vielleicht ruhiger als je leben können. Aber sein unternehmender Geist, dem ein so kleiner Kreis, in dem er seine Wirksamkeit zeigen konnte, nicht hinlänglich war, der des Glanzes noch nicht vergessen konnte, in welchem er vormals gelebet hatte, der doch vielleicht bei all seiner Seelengrösse gegen Ruhm, und Lob nicht ganz unempfindlich war, konnte natürlich wenig Geschmak an einer so einfachen

Le=

Lebensart finden, und es ist sehr begreiflich, wenn er auf mehr Zerstreuung, und auf ein thätigeres Leben bedacht war. Er bat daher den König um die Erlaubniß, ins Achner Baad reisen zu dürfen, und erhielt auch solche auf anderthalb Jahr. Der 13te April 1662 war der Tag ihrer Abreise von Ellersburg. Zuerst gingen sie nach Amsterdam; hier beschloß die Gräfin während der Reise ihres Gemahls ins Baad nach England zu gehen, um eine Geldsumme einzufodern, die ihr Gemahl ehedem dem König Karl dem Zweiten geliehen hätte. Der Abschied, den sie hier von einander nahmen, war der lezte ihres Lebens. Mit der lebhaftesten ften Empfindung, und dem gerührtesten Herzen, sagte der Graf zu ihr:

„Du haft mich geliebt, Eleonore,
„im Leben geliebt, Leiden mit mir ge=
„duldet, Widerwärtigkeiten mir erleichtert,
„und mich im größten Elend nimmer ver=
„laffen. Wir trennen uns izt mit ban=
„gen Herzen. Seyen aber die Bege=
„benheiten der Zukunft, welche sie wol=
„len, so beschwör ich dich nur um die
„Fortsetzung deiner Treue und Liebe.
„Denke stets an den, der Regierer un=
„serer Schicksale, und der Belohner der
„keuschen Liebe ist."

Sie

Sie erwiederte hierauf mit einer Antwort, aus der Fülle ihres Herzens, berief sich — auf die vorigen Handlungen ihres Lebens, auf ihre Augen voll Zähren, auf ihren stammelnden Mund, und auf ihr ehliches Versprechen, das ein so langer Umgang, und so mancher Widerstand gegen Verführung bewährt hätte.

Man nahm anfänglich die Gräfin in Engelland sehr wohl auf, auch erhielt sie das Versprechen, man würde ihr die schuldige Summe nächstens auszahlen. Indessen aber erhielt der dänische Hof Nachricht von ihrem Aufenthalt in England, und argwöhnte, daß
die

die Reise dahin wohl andere und wichtigere Unterhandlungen betreffen möchte. Der dänische Gesandte zu London erhielt daher den Befehl, um ihre Gefangennehmung und der Entziehung des königlichen Schutzes bei Hofe anzuhalten. Der Englische Hof erfüllte dieß auf eine Art, die sonst dem Karakter der Nation nicht angemessen ist; allein die Gräfin die dieses erfuhr, flüchtete schnell nach Dower. Doch ihr Schiksal wollte nicht, daß sie der härtesten Prüfung ihres Lebens entgehen sollte. Zu Dower war sie von dem dortigen Gouverneur angehalten, und nun begann, mit dem 9ten Julius 1663 jene langwierige und vorzüglich durch die Trennung von ihrem

rem Gemahl schmerzhafte Gefangenschaft von 23 vollen Jahren, die Eleonoren Christinen Gräfin von Ulefeld in die Klasse der größten nicht nur Frauen, sondern selbst Männer versezt.

Nach einem vergeblichen Versuch sich in Freyheit zu setzen, brachte man sie auf ein englisches Schif, auf welchem sie nach Koppenhagen geführet wurde. Kaum war sie dort angekommen, so bemächtigte man sich nicht nur ihrer Papiere, sondern auch des größten Theils ihrer Kostbarkeiten. Bei ihrer Einführung ins Gefängniß, demüthigte man sie so tief, daß man auffallende Mittel ersann, sie den Augen des Volkes, unter dem

dem auch wohl mancher Große gewesen seyn mag, so lange als möglich, blos zu stellen. Meine Leser werden es gerne glauben, daß ihre Feinde, unter denen die meisten wohl solche seyn mochten, wie Aristides sie hatte, sich nicht wenig an dem Schiksale dieses unglüklichen Weibes weideten. Nur hie und da sah man eine Zähre im Auge, die dem unglüklichen Geschik Eleonorens geweint war. Nur der Menschenfreund wandte sein Gesicht von der Sklaverei hinweg, in die der Despotismus eines souverainen Fürsten, eine Unterthanin, und noch dazu ein Weib aus seinem Blute entsprossen, seufzen liesse.

Man

Man verhörte sie hierauf zu wiederholtenmalen, um sie über die Absichten ihres Gemahls auszuforschen. Allein sie gestand nichts. Ich wage es nicht zu entscheiden, ob sie in der That nichts wußte, oder was sie wußte, zu gestehen nicht für gut fand. Jedoch nahm die Härte, womit man ihr begegnete, zu. Man sperrte die unglükliche Gattin Ulefelds in ein enges, finsteres, ungesundes Gemach ein. Keine Bequemlichkeit des Lebens konnte sie genießen. Dürftigkeit, Langweile, und immer wachsendes Sehnen nach ihrem Gemahl, waren ihre Begleiter. Nur ein schwacher Strahl der Sonne leuchtete in ihr unterirrdisches Gemach, und

oft

oft sezte der Rauch des Ofens sie in Gefahr zu ersticken. Um der nagenden Langweile zu entgehen, (denn man hatte ihr alles genommen, was ihr Zerstreuung hätte machen können) trennte sie ihre seidene Strümpfe auf, und webte geschikt sie mit kleinen Stäben wieder zusammen. Von dem Ton, den sie vom Ofen ablöste, verfertigte sie indeß einen künstlichen Becher, und grub mit der Nadel Verse in denselben. Mit Fleiß ließ sie solches auch ihren Wächter sehen, der denn auch sogleich, wie ihr geheimer Wunsch es war, solches zum König trug. Der König las es, und fand eine Bitte um Erleichterung ihres Schiksals darauf eingegraben.

Fried-

Friedrich der Dritte gewährte in etwas ihren Wunsch. Er gab ihr ein helleres Gemach, und befreyte sie von der Gefahr zu ersticken.

So lebte sie bis zum Tode Friedrich des Dritten. Sein Nachfolger räumte ihr ein bequemeres Gemach ein, und erlaubte ihr den Gebrauch der Bücher, der Federn und des Papiers. In dieser Epoche ihres Lebens ward sie Schriftstellerin. Sie schrieb einige geistliche und weltliche Gedichte, und ausserdem noch ein Werk, welches den Titel Schmuck der Heldinen führt, welches aber niemals unter die Presse gekommen ist. Es enthielt die Schiksale und

und Begebenheiten vorzüglich berühmter Frauenzimmer.

Nach dem Tode ihrer Hauptfeindin der Wittwe Friedrich des Dritten, Sophiens Amaliens, machte Christian der Fünfte ihrer Gefangenschaft völlig ein Ende. Sie zog hierauf in die Wohnung ihrer Schwestertochter, der Fräulein von Lindenow. Ohnstreitig mehr Neugierde als Theilnehmung machte, daß man schaarenweis hinzulief. Greise führten ihre Enkel zu ihr, um ihnen eine Frau zu zeigen, die ohngeachtet der Hohheit ihrer Geburt, der Vorzüge ihres Geistes und Körpers, des Glanzes ihrer ehmaligen Hohheit, der Größe ihres Vermö=

Vermögens, doch den bittersten Kelch des giftigsten Schiksales in so vollen Zügen hatte ausleeren müssen. Man sehnte sich die grauen Haare zu sehen, die einen so schweren Sieg über die Wiederwärtigkeiten dieses Lebens erkämpft hatten. Allein dieses Zudringen der Neugierigen, das ohnstreitig mit mancher Unannehmlichkeit verknüpft seyn mochte, bewog Eleonoren, Koppenhagen zu verlassen.

Vielleicht mochte auch die Gesellschaft der Menschen wenig Reize mehr für sie haben, da sie 23 Jahre alles Umgangs völlig beraubt war. Sie ging nach Marienbonn. Der König hatte

hatte sie auf Zeit Lebens mit diesem Landgute belohnet. Es lag in der anmuthigsten Gegend der Provinz Laaland, und war ehedem ein Kloster gewesen. Beweis genug, daß die Lage desselben angenehm und reizend seyn mußte. Hier lebte sie noch über 12 Jahre, zufrieden mit sich selbst, und also auch glüklich, in der Gesellschaft ihrer ältesten Tochter. Sie genoß einen Gehalt von 1700 Rthl. Sie krönte ihre Tage daselbst durch Ausübung guter Handlungen, half der leidenden Menschheit auf, tröstete den Unglüklichen, und nahm sich liebreich der Kranken und Bekümmerten an. Sie war eine Freundinn der muntern Jugend ihres Dorfes;

wohnte

wohnte ihren ländlichen Spielen bei, freuete sich ihrer Unschuld, und prägte ihren Herzen tiefe Lehren der Religion und Rechtschaffenheit ein.

In dieser Einsamkeit überraschte der Tod sie mit seinen wohlthätigen Schwingen, und sie vertauschte den 16ten März 1698. Zeit mit Ewigkeit. Wenn man ihre Fehler und Tugenden auf einer Waagschaale abwägen wollte, so würde die Schaale der Tugend sinken, und die Schaale der Fehler emporsteigen. Einer ihrer Hauptfehler war Ehrgeiz. Man erkannte das Fürstenblut, das durch ihre Adern floß, aber doch auch zugleich die größte Tugend in ihrer Seele gepflanzet

pflanzet hatte. Sanftmuth, Standhaftigkeit, Größe der Seele, eheliche Treue und Liebe, besaß sie in einem vorzüglichen Grad. Auch den Fähigkeiten ihres Verstandes hatte sie eine vortrefliche Richtung gegeben; denn sie war eine der gelehrtesten Damen ihres Zeitalters. Eleonore hatte ohnstreitig ein bessers Schicksal verdient. Doch machten die Widerwärtigkeiten des Lebens sie besser, ohne welche sie gewiß nicht den hohen Grad von Vollkommenheit erreicht hätte, mit der sie in eine bessere Welt überging.